pasarme la noche en casa de Esteban?

¿Por favor?

¿Spot,

qué vas a llevar contigo?

Qué bueno aquí al

que vivo
lado, Spot...

¿Qué es lo que estás mirando,

Spot?

¡Cuidado con las flores, Spot!

¿Dónde estás, Esteban?

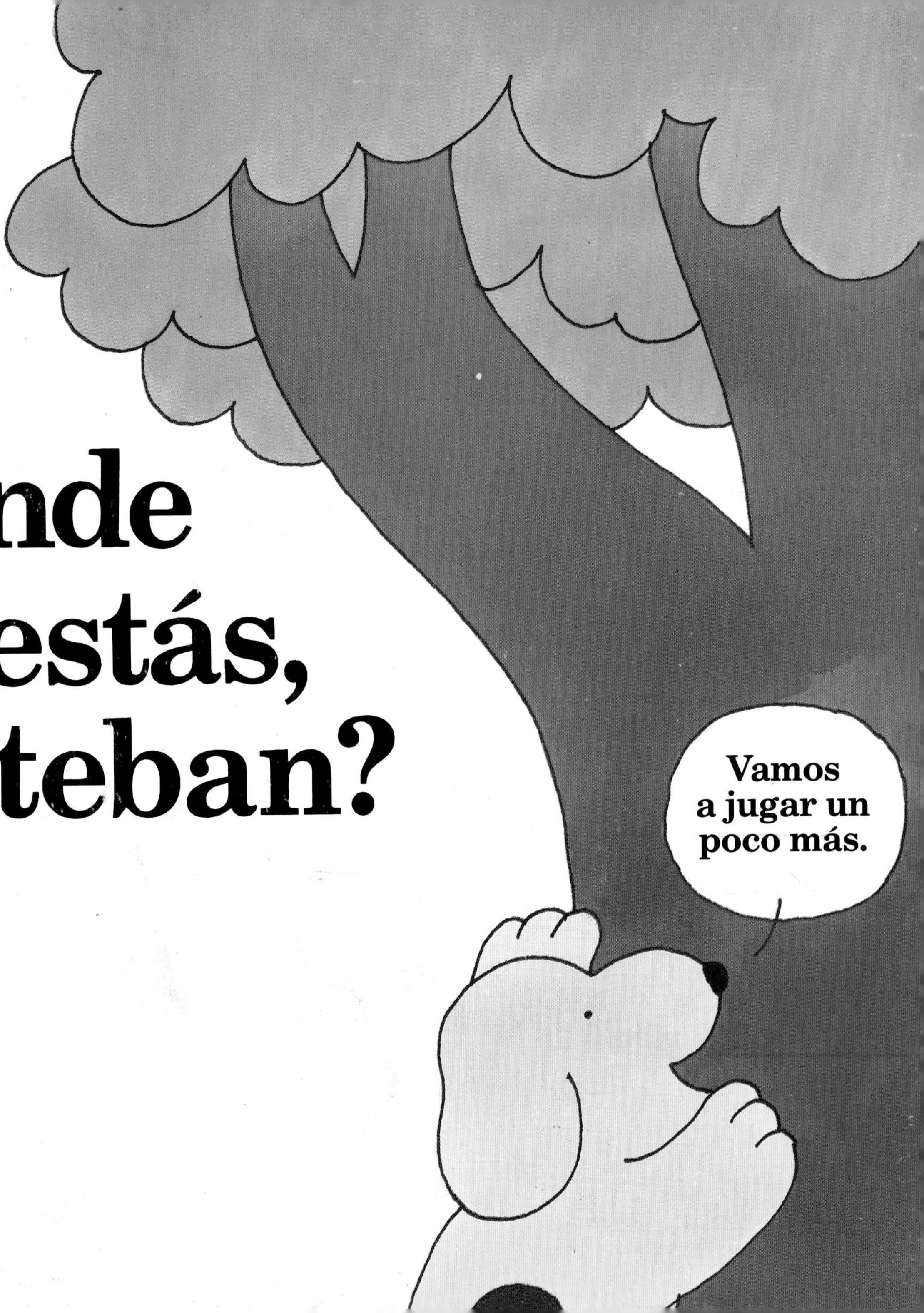

Aquí viene tu mami, Spot.

¡Hola,

mami! ¿Qué quieres?

Mi mami nos llama,

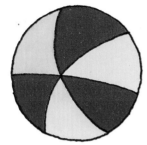

Spot.

¿Qué había en

¿Te